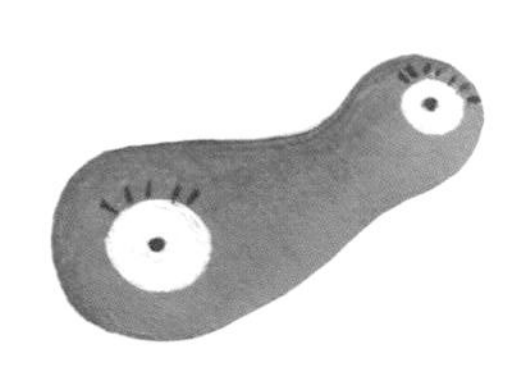

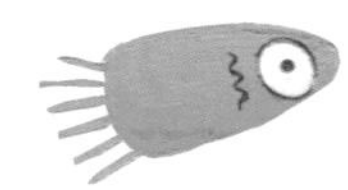

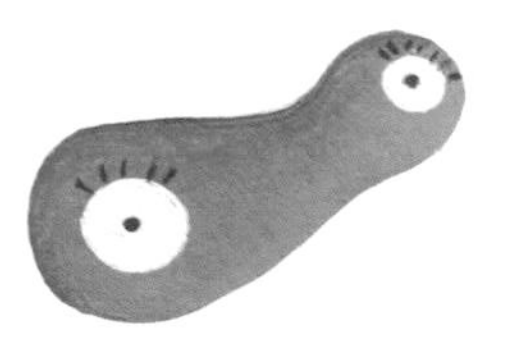

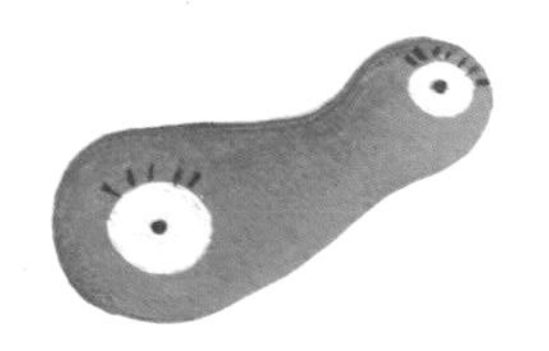

A todas las lavadoras, por permitir que el barro, el chocolate y la pintura encuentren cada día limpios lienzos donde alegrar la infancia.
— Marta Zafrilla —

Para Arturo, Sofia y Vittoria, con amor.
— Martina Peluso —

Este libro está impreso sobre Papel de Piedra con el certificado de **Cradle to Cradle™** (plata).

Cradle to Cradle™, que en español significa «de la cuna a la cuna», es una de las certificaciones ecológicas más rigurosa que existen y premia a aquellos productos que han sido concebidos y diseñados de forma ecológicamente inteligente.

Cradle to Cradle™ reconoce que para la fabricación del Papel de Piedra se usan materiales seguros para el medio ambiente que han sido diseñados para su reutilización a través de su reciclado. La utilización de menos energía de forma muy eficiente, junto con la no necesidad de utilizar agua, árboles y cloro, fueron factores decisivos para conseguir el valioso certificado.

Las camisetas no somos servilletas

Calle Claveles, 10 | Urb. Monteclaro | Pozuelo de Alarcón | 28223 | Madrid | Spain
www.cuentodeluz.com
ISBN: 978—84—16733—49—1
Impreso en PRC por Shanghai Chenxi Printing Co., Ltd. enero 2019, tirada número 1668-4

Las camisetas no somos servilletas

Marta Zafrilla

Martina Peluso

Olivia sabe que antes de comer debe lavarse las manos. Pero, cuando tiene mucha hambre o la espera su comida favorita, suele olvidarse. Si hay macarrones, se olvida de limpiarse, no solo algunas veces, sino bastantes. En realidad, quizá bastantes veces no, más bien muchas.

Vaaaaaale, si para comer hay macarrones, Olivia sieeeempre olvida lavarse las manos. ¿Y quién no se olvida alguna vez?

Cuando su madre se da cuenta, le aconseja cariñosa: «Ya sabes que las bacterias se quedan en las manos y hay que lavarlas bien». Entonces su mami acompaña a Olivia al baño mientras canta:

—¡A lavarse las manos, a lavarse las manos!

Y con las manos ya bajo el agua del grifo, la guía diciendo:

—Por delante, por detrás, entre los dedos
y una vez más.
Por delante, por detrás, entre los dedos.
¡Lo hago genial!

Cuando Olivia come helado de chocolate, algunas veces le caen pegotes sobre el pantalón. Chof, chof.

Bueno, algunas veces no, bastantes veces. Vaaaaaaale, casi siempre, no, sieeeempre que Olivia come helado de chocolate su pantalón queda estampado a lunares como la

PIEL de un LEOPARDO.

Suerte que mami no se enfada y la anima:

—No pasa nada, Olivia. Poco a poco te mancharás menos.

Y entonces juntas canturrean:

—¡Los pantalones
no queremos manchones!

Y si Olivia aún se siente algo culpable, mami añade:

—¡No pasa nada: se lavará mañana!
¡La lavadora lava la ropa; la lavadora la ropa lava!

Cuando Olivia toma espaguetis, algunas veces se mancha las manos de salsa. ¡Es tan divertido comer espaguetis! Bueno, seamos sinceros: Olivia sieeeempre que toma espaguetis se mancha y después, ¡oh, no!, se limpia las manos en la camiseta. ¡Raca! Palma limpia. ¡Raca! Reverso limpio. ¡Ay! Camiseta sucia.

Por suerte su mamá la reconforta tiernamente:

–Cariño, es solo salsa. Se lavará mañana. No pasa nada, Olivia. Poco a poco te mancharás menos.

Y después cantan al unísono:

—¡Las camisetas
no somos servilletas!

A Olivia le encanta comer fruta. De entre todas las frutas, su favorita es el plátano. ¡Ñam, qué rico! Cuando lo merienda algunas veces se le olvida cerrar la boca y... ¡Hace un ruido espantoso! Vaaaaaale, esto no ocurre solo algunas veces, no, sieeempre que Olivia come plátano mastica ruidosamente: ¡tras, tras! ¡Y todos pueden ver la masa viscosa entre las muelas! ¡Puaj...!

Su mami, comprensiva, le explica:

–Olivia, debemos intentar no hacer ruido al comer. Si cierras la boca, no sonará tanto. ¡Y no veremos lo que masticas!

Después mami le enseña una cancioncita que dice:

—¡El platanito
se come sin ruidito!

Cuando Olivia termina de beber su vaso de leche, algunas veces se limpia la boca con la manga, ¡ay, ay, ay, Olivia! El jersey queda para lavar y no sólo algunas veces, sino absolutamente **sieeeeempre**, porque Olivia cada vez que termina de beber su vaso de leche se frota los restos con la manga. **¡Ris, ris!** ¡Pobre jersey!

Al descubrir el suéter manchado, su madre le sugiere:
—¿Qué te parece si procuras limpiarte la boca con la servilleta y no con la manga?

Mami se acerca la servilleta a los labios y le muestra cómo limpiarse. Al finalizar, le canta a Olivia esta cancioncilla:

—¡Si quieres mayor limpieza,
usa la servilleta!

Cuando Olivia bebe agua suele dejar el vaso muy rápido y el agua salpica todo el mantel. ¡Catachaf! Quizá hemos exagerado y no moje todo el mantel, sino tres o cuatro gotitas de nada, pero cuando su mamá lo ve, le muestra cómo dejarlo despacito para que no caiga ni una gota. ¡Ni una!

–Mira, cariño, si nos fijamos en cómo dejamos el vaso sobre la mesa, salpicamos menos. ¿Lo ves? ¿Quieres intentarlo tú?

Olivia entonces bebe un trago de agua y ensaya a dejar el vaso muuuuy lentamente. Cuando la niña logra no salpicar, ambas exclaman alegremente:

—¡El agüita mejor cuando no salpica!
¡Si dejo el vaso lentamente,
la mesa queda reluciente!

Y, si por casualidad se cae una gotita, mami la anima:

–Un, dos, tres: pruebo otra vez.
Y si no me sale, lo repetiré.

Pero a veces ocurre que, por mucho empeño que se ponga, no todo sale bien. Olivia entonces refunfuña y gruñe frustrada: ¡Grrrrrrrrr! Su mamá, advirtiendo que el enfado va en aumento, le aconseja cantar:

—Un, dos, tres: pruebo otra vez.
Y si no me sale, ayuda pediré.

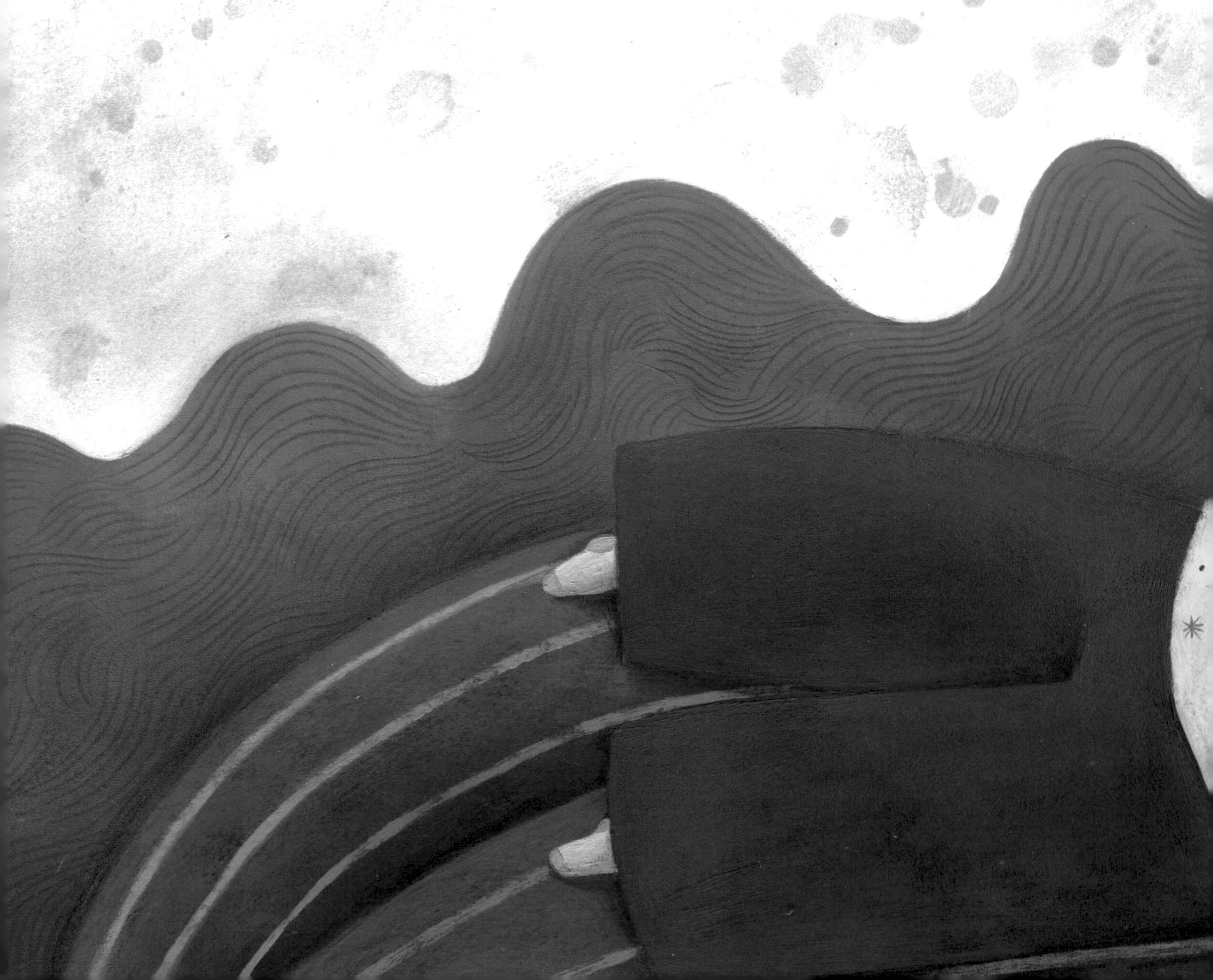

Y entonces juntas piensan en una solución mejor para lograr sus objetivos. ¡Entre varios es más fácil!

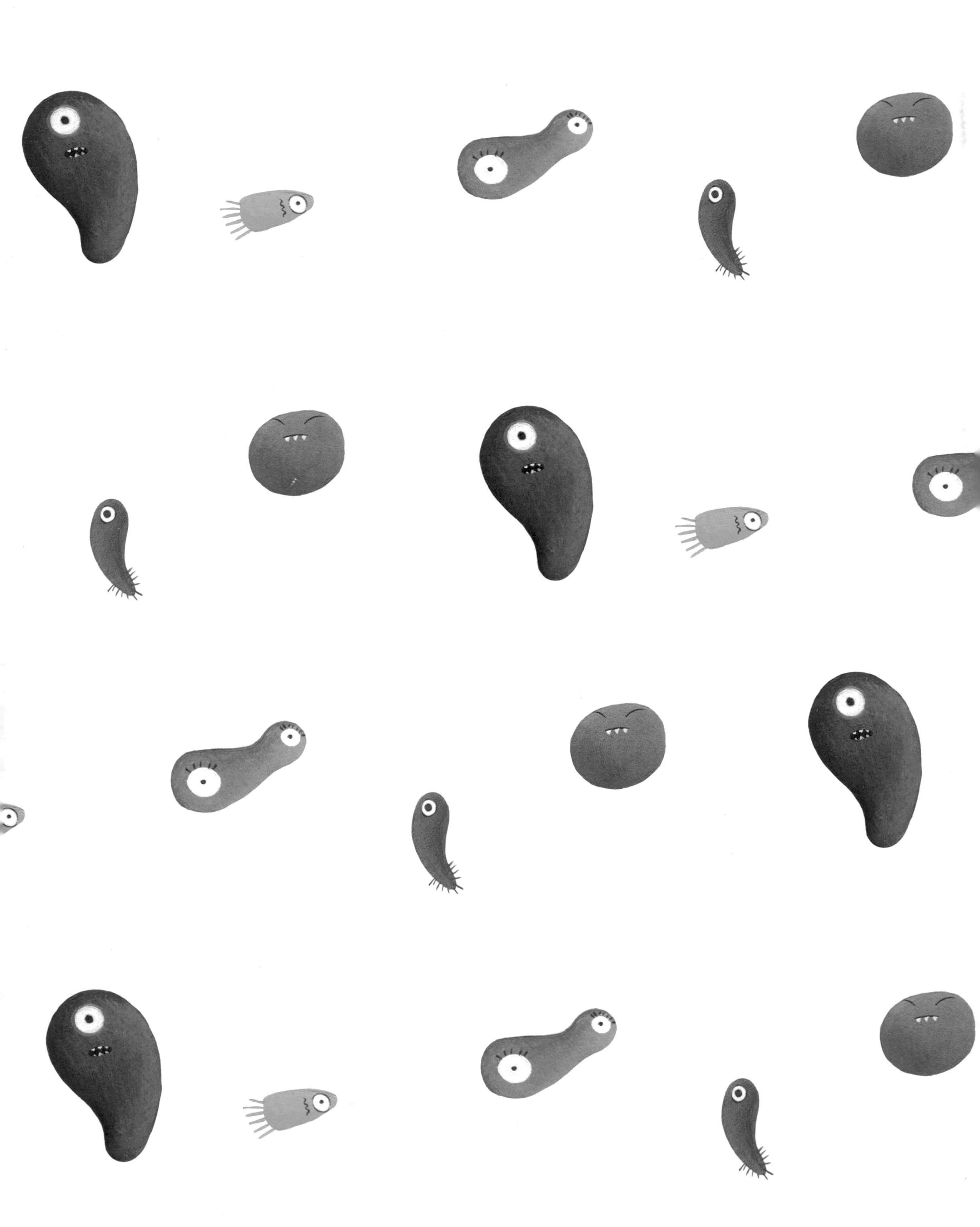